灰と家

鈴木一平

いぬのせなか座

灰と家

I

自重で燃える光のなかで、堆積層の交替が起きた。ちいさなゆれに目を覚ました鳥が、枝のいくつかを点々と渡り、空を見上げた。これから降る雨の音にまじって、川の流れる音がする。気圏の底で滞留していた雲の背中がひび割れて、飴色の肌理が泡立った。

どこかの男の夢を見た　頭のなかで　一面の野を駆け回る　子どもを目で追いかけていた
古い小屋に向かって歩いていく　子どもの姿は横目になって　しばらくすると見えなくなった
小屋のなかで湯気を立てているアイロンと　茶色いしみのいっぱいついたアイロン台
そとで
銃の音がした
でも　戸惑うように戸を開けて　小屋を出ていくその人は　鈴を結んだヒルガオに　足を引っかける
結ぶ口と耳　ここは日当たりの身投げする道
音は聞かれないよう市場におりて　耳にして立ち止まる人は　蔦のはう塀の隅に
彫られた　ちいさな話し声だとおもった

赤くなる向こう側の空　夕陽を待ちわびて　だれかが

丸い景色の果てで　継ぎ目の雲は　じっとして

小屋をとび出して　靴ひもをきつく締めなおす

赤くなる　鋏のあいだから　とおくの畑で

白い手がゆれているのが見える　そのとき　雲にかくれた

閉じられていく鋏の先で　トマトのへたを切り取る手

見晴らし台は

息よりうすく透けていく　そこに手をかけた人のかたちで　背筋をのばす手すりの影は

爪先だけで立っている　抱き起こす石の内側で

人の、聞こえなくなる声は
金具に映る月
水際をつなぐ、球のみずうみ
あじさいの花を着る鹿は、一滴の
輪になって、首すじに浮かぶ月の光を考える
雲の端からこぼれた日差しが、道の向こうに落ちている
道の上、雨を浮かべて、寝そべったままの姿見を
横切ろうとする、空のまん中を

踏んで、海の一滴を、紐のように
落ちた日差しを囲むよう、あたりの影が広がって
蹄の先が近づくにつれ、うしろの影が伸びていく
顔に浮かべて、雨が伸びていく、いま
鹿と目があった
鼻を鳴らして、暗い景色の角が
水たまりに混じろうと、ゆれた
あじさいの花に日差しを残して、雲がしずかに日を隠す

雲の地滑りが島中に弱い風をもたらし、海に遮られ、風の届かなかった石臼の町の水たまりが波紋をつくった。

油粘土に木べらで彫られた読めない字、ある日、友だちがそれを残していなくなる。粘土は手に持っただけで指紋がつくほどやわらかく、なんて書かれてあるのか会って聞ける日はもうぜったいに来ない気がした。水を張ったバケツがゆれている。そのゆれに同期するように町はずれ、放置されたままの高炉を囲む草が組織していた。二時間遅れでホームに着いた電車に乗り込むとき、それを見つけた。どうして気がつかなかったんだろう。二時間も、きみはどんなふうに電車を待っていたんだろう。

高炉の草は、これから降る雨を計算していた。しばらくして、雲の床板を踏みはずしたような雨に打たれた。部屋が、わたしの住んでいた部屋から、わたしが住んでいたことを思いだす部屋になろうとしていた。気がつくことさえできず、車に轢かれたありの巣が、まとめてつくりなおされる。

あじさいの花を着る鹿は
2016.9

聞こえていくのは、石がまだ山の稜線や
地面であったころ、目をあわせると、人格が
入れ替わってしまう石を、ふりつもる雨の横に置く
弟の、生まれ変わりの、牛に生まれたこおろぎが
口のなかで噛まれて泥になる、泥を信じる牛の背中に
弟を乗せて歩いてる
雲が雪崩れこむ瞬間の、近づくにつれて
窄まっていく牛の顔

落ちる模様であった音
それを受け止めては削れていった山の肌、人格は
うす羽根についた粒がふるえた、それも弟であるかのように
気がつくまでは、しましまに並ぶ木と木のあいだの
模様に話しかけていた
道ふさぐ石を化石と知りえづく
頭をなでて、顔にも見える、それは、離れていった景色を
墓石にする

とおい指先で星座をなぞると息するようにまたたいた。シマリスと北極星に分かれた両目が起こす景色の鋭さに、ぼくは洞窟絵の焚き火でうがいする。牛が大きな音に顔を縮めて、それから音の方を向き、横顔に切り替わっていく。壁に彫るぼくは、遺伝子の隅にちいさく書かれたメモだった。

道をふさぐ石
2016. 4

川底を濾して削れた鰓が、とおくの椅子のように
並んで、写真を撮るように
目の奥のほう波打ち際で、軋もうとする楡の木が
まばたきをして、昼すぎの幹を浮かべて消える
ねむる鹿を着て
欠けた蹄のうっすら白いところをなぞり
よく聞こえていく足音で
仰向けの鮒に耳打ちをする、おまえの体を渡って
向こう岸にいく

その声におどろいた鹿の、まだねてる目を
水に浸かる足で呼吸して、ほかよりも濃く
透きとおってる、井戸になるまえの穴を
水の流れ込む音がする
指で開けると
山の背に夜が注ぎ込まれて、帽子の子どもが歩いてる
くるぶしが踏んで横切ったとき
反り返るよう軋んだあとで
水の聞こえなくなる音がする

山の背に夜が注ぎ込まれて
2015.7

引っ越した町の、うす青い空の日差しで
水面をとりもどす雲に、細かく映ったとおくの小屋は
遅れてやってくる
木の高さで枝がゆれたあと、すこし遅れた時間にも
なじむよう、ここに届くまでの時間をまねて
雲のうしろを抜けたあと
目の高さまで届けられた木が、話しかけてくる

さっき川べりの土手にはこんで、乾かしたはずの木陰が
また落ちていて、木の高さほどの日だまりに
かど部屋の、山茶花のなかに
あらわれる野を横切る雲が、景色は
しずかに厚くなる、いまは見えないところまで
目の高さを乗せた木は
それが倒れこむ土砂の影だったと気づく

枝ひとつない木の横で、友だちの目に映る雲を見ていた。

空はまっ青に晴れ渡っていた、その人と空のあいだを浮かんでいた雲が、彼の背中によりかかるわたしと空のあいだを横切ろうとして、かたちを変えた。なにかが落ちてきそうな気がした。首のうしろで血が脈打って、こめかみを抜けていくのがわかる、頭痛がやって来るのを感じた。

支えにしていた背中が立ち上がり、川に向かって歩きだす。透明にゆらぎはじめる指先、底を流れる水の光を手に受ける。わたしは髪の毛をつたう汗に風を受けながら、岸辺のように震えている。

岸辺の木
2016. 5

火だるまになって転がっていく藁束が、町づたいに荒れたお城の跡まで夏の火の粉をもたらした。川の輪郭は、絶えず鋼色の影を携えながらゆれていた。

おくのほそみち。十字路沿いのかすかな窪みの石を指さした、そのひとが伝えたかったものを誤解して、透明なうら通りのあるあたりを目で追った。犬はまっすぐに伸びた指さきを見た。四つ足の雲梯が、石の真向かいにある施設の庭で佇んでいる。五歳のころまでそこに通った。

石碑のさきには山があり、中腹に防空壕がある。そこで自殺した人のお化けを探しに行って、朱色に塗られた格子のひとつに、ぼくは手跡をつけて帰った。

役場から家に帰るまでの道は
水たまりと話をした、その足で
子どもが雨で濃くなっていく土の色を
こねて、そのうち手には
傘をさして、とおくから歩いてくる
女のひとがいる
粘土のような土がにぎられていて、目があうと
そのひととのまん中で
わらい声がした

わたしは子どもの手をひいて、そのひとから
子どもは
身をかくそうとするのをみながら
はじめて会ったひとになでられたときの顔をする
そのやわらかい手を、わたしの手と
向こうの水たまりまでの川をひく、帰り道をひきずって
子どものあいだを
そのひとが通りすぎたあと、土はおぼえた
にぎりしめた手が、土のなかにある

ぼくと水たまりのあいだに差し渡された金の糸をたぐり、いっしんに歩き回り記憶する目を宙吊りにする。水は内に抱えた眺めを溶かしてひとしきりゆれてみせたあと、みな面を曲げてあめんぼの休む空き地をくずした。

土がおぼえた
2015. 9

ぼくは
かべに手を当てて、降りてくるのを待って
崩した家を片付ける、はたらく人の手
ちいさな手
やっと日差しを受けた景色に、この目は
かべに落ちる影の
かたちをなぞって絵を描いた、日差しの絵
雲が映る目で
はたらく声に日焼けした胸、汗のにおいを
消えなくなるまで、景色に投げた
いまも

きみを
目に入れて鳴く鳥の声
その目も
雲が映る目を、まばたき一つの年月に
金槌がさえぎっては
一瞬だけ姿をみせる釘
まばたき一つの年月が
枯葉の埋める木立に消えて
ずっと
その戸を叩かれなかった納屋も
汗をぬぐってはたらく男の頭に瓦礫が
そっと降りかかる

日差しの絵
2012. 5 - 2016. 8

いまはもう日差しのなかでだけ沼になる、役場のうらで
わたしは坂道で、歩いてる熊を見たけれど
タイヤが重しになっていたせいで
わからなかった
公民館から太鼓を叩く音がして、この目は
雲が映ってる
埋め立てられるまえの日は、とても透んでいて
なにも映らなかった

はんぶん戸口の開いた家は
ここにきて、ここにきたのを思い出す雲が横になる
だれかを待っていて、いまもこうして
その沼を
日かげを支えに立っている
まっ青な水面の、奥行きごと映る空に手を入れて
すこしずつ、水たまりにもどる道
熊がその水をなめにやってくる

眠りにつくとき、途方もなく分厚い山を鋏で摑むような感覚がやってくる。

疲れて眠るとき、それは雲のかたちをしている。あした会うかもしれないだれか、ひとのひとりの一日を、わたしの手から切り離す。雲のすき間から伸びた夕日が鱗雲の上、散らばって、くら闇の帯が空の果てまで伸びていく。

フィルムに映る頭髪を焼く手をわたしの手の上にうすく重ねて、閉じる目に縁取られた夜の輪郭が、樹液の言葉に置き換えられていく。

水たまりに戻る道
2015. 10

鍋のひろさにぬかれた湯気の、中身は
中で煮えていて
煙のように、空を曲がって、はずれの松の木も越えて
あたりは知った匂いでいっぱいになる、ひとつひとつを
素手でさわれば
さわった手が化けて出る、そう聞いて生きてきたけれど
そばで聞いていた景色のほうが
すっかり人のかたちに化けていた
そのときがきて

ほとんどが使い古した服で、それに
袖をとおしてきた時間の厚みを失って
雲の下町を暗くする、知らない親子が
もう着ることのないようはさみを入れて
立っていて、その手で子どもが
抱き上げられる、だれも見てなかったけれど
母親は抱き上げる手をてこにして
人のかたちをずらした景色
いまは道のかたちにくりぬかれた道を歩いてる

草笛の音、山のうしろに刺さった杖に怒られて、大泣きする夢を見て、泣きながら灰の光の差し込む家に住んだあと、自分の笑い声で目を覚ます。親子の立つ道の上、雲の下町を伸びる灰の煙が、はずれの松の木に届く。

金具に映る月
2015. 9 - 2016. 3

川には時間が流れていて
気がつくとそれは見えなくなった
雲の上、手のひらのかたちした声が
窓から見える森のはずれで
いっしょに育ってきた道と、最後まで
目を丸くすることしかできなかった土手
昼のあいだ
景色をたしかめていた線が溶けだして
寝息を立てる町、赤いとたん屋根に
聞こえて、寝息にからむ咳のちいさな
塊になる
あれはたましいだったとおもう

とたん屋根を打つ雨の音は
勝手口の写真をどこか、遠いところにもっていく
人の足音だった
バケツの底にたまった日差しで
猫が空のまん中を見て、まぶしそうに目をつむる
思いだせないほど、景色の線が際立って
みんなが
へやのなかにはいってくる
むかし、抱き上げてくれたひとは
バケツに浮かんだ
入道雲だったかもしれない
お葬式のあとの楽しい夜
おいなりさんをつまんだとたん
牛の声がした

移り住む町
2012. 5 - 2016. 8

かぶとむしのにおいがする
巣から落ちた鳥が
港はしずか
波のまん中に穴をつくった
血だらけの猫が
出しっぱなしの蛇口みたいに歩いているのが見える
男の子が海に向かって、なにかに
手を振っている、穴は波の上をゆれながら、沖へ
タイヤが血を伸ばして
遠ざかる

くぬぎの幹に刺さる鉈を見つけたのは
つぎの日の朝
海から上がってきたひとに
ひしゃくで水をかけ
両手を合わせた
殺される前の牛の動画を見せてもらったことがある
座る力で
ゆれるバス
鉈を浮かべて、切り取る手
瞼を切り取って、手のひらでゆれる寝息が
遠ざかる

駐車場で寝ていた猫は、まつげが
長くて、横顔のきれいな死体だった
おなかのあたりから
湯気が出ている、まだそんなに経ってない
海の向こうで音、ひこうき雲の音
思いだす、むかし飼っていた猫がいたこと
それは
たましいだったとおもう
抱き上げても、横になったままうごかない
友だちから電話がさっき、猫の死体をみたって
ちかくで
いまもみているこれは、船着き場の鳥たちが
心臓をうごかしながら
やってくる

移り住む町
2012. 5 - 2016. 8

表面の色をつよめる
景色のまん中で起き上がる目があって、昨日みた赤と
区別のつかない赤とのあいだ
入り口は
すれちがう肘二つが一瞬つくる、ひし形の
袋をかぶせて
わかるようにした息つぎだ、なにも越えない歌で
生きてる
引っ越したあと

だれも映らない手すりを触った
目を絞れば木立が溶けて森になる、その出口で
きっと、見つめられるのがこわくて袋が落ちていた
三分半透明な歌を歌って、その声を
ちゃんと耳で聞く

神さまの誕生日
2015. 3

「住んでいた人のこれからを、あとすこし住む人たちが
　持ち寄った、川の岩陰に住んでいた」
二階の家には、もうべつの人が住んでいた
ゆうびん受けと、地面のあいだ
橋の下まで降りて
川に向かって伸ばした手が
うすい足あとの、厚みでいまは
通わなくなった人の入り口を、すこしだけ
開けておく

握りしめた水草を、一枚きりの地面にする
大家さんがぬったペンキで、開かなくなった
ゆうびん受けと
きのうもだれかを持ち上げた
止めない歌を
階段に傷をつける足、そのあいだに立つ
地面のうえに
着がえを置いてきたのに気づいて
取りにいこうとしている、足あと

次に住む人
2015.7

その日は夕暮れのうちのひとつが赤く、すべての屋根が
おもいだす、生まれてはじめて
目覚めたように、目を開けて、追いかけるように
目を覚ます
頭の上で、見えないで組まれた光を握って
となりの屋根に渡すとき
しみだす青色は、また次の日のじゅんび

窓からみえたような気がする
その手をはなした屋根の雨もり、目を開けたまま
軒下の石が割れて、割れて、内側にそっとかくれる重さ
景色を見てる
あの日を見ていたひとの目に、並びあう屋根の
すべてを梱包して
ゆうびん局に出す、いつか開ける人

すべての屋根が
2015. 4

雨の谷間を越えるまで、だれかもこの目で見る日にとおのく、渡り鳥の寝息に沿って歩いていた。

昨日までここは雪の張力に支配され、風は凍ったようにしずかな夜だった。寒さに乾き、雪に枝のすべてをもぎ取られた木が咳き込むように割れていく。家と家のすき間から、貨物列車の光が家々の屋根を雨に映しているのが見える。

待合室で靴を乾かそうとした。丸める前の新聞紙に、国民生活の動向について書かれた記事を見た。丸めようと力を込めたとき、指がふるえているのに気がついた。取り返しをつけるには、信じられないほどきれいな朝焼けを期待するしかなかった。翌朝、

雨はもういちど雪に戻って、空のいくつかは朝焼けを持ってきたかもしれない。

むかし山で見た男の人の耳鳴りが、聞こえてきたとおもった。切り株に腰をかけ、頭を抱えうずくまっていた。見ていると、だんだん頭が小さくなっていくように感じた。雑草が、すくすくと育っていた。気がつけば雨がふっていて、知らないうちにびしょぬれだった。なにかに触れる寸前の雨を、人は雨とは知らない。雨が地面に自分を投げる音、この音で地面が自分は地面であったと、おもいだすその遠さが山を包み込む。曇りの日にはそれをあずけて、晴れの日にはそれを忘れるために、まっ青な空が地面におとす丸い影の濃さで話しかけてくる、「返せ」と。

男は傘についたしずくを払って　「あさがおに目を守られた」
と名乗る男は　その膨大な註釈のような人生を　素手で折り
たたもうとした　。　目に映る　まつ毛の束を　重ねる　日
の当たらない雑木林の　いまは家並みがたつ雑木林の　繁み
をよけて　歩く猫　。　ばらばらに咲く　あさがおの　感
じ合う　たがいに雨の　気配を受けて　ある晴れた日の道
を　自転車が　霊柩車とすれちがう　。　歩道に　乗り上げ
て　。　剥げた　飾りの貝を鳴らして　。　姉は　背が高かっ
たから　だれが運転していたか　うしろに　だれが乗ってい
たのか　わかったかもしれない　。　それは　力の尽きたも
のから　割れて　。　あちこちで　空を　折りたたむ　。
向こう岸のあるひとと　釣糸であいさつをする　黒い塊が
うしろを過ぎる　。　おも
いだす　あるとき　雨をあ
つめる川の両岸が　薄目の
ように重なって　見知らぬ
道を差し出されたこと　。
押し退けられる　草むらで
つぶれるまえに　吠えるさ
なぎは　。　姉のにぎる
紐につながれ　小刻みに息
をしていた犬は　。　その
とき　なすのへたを切り
艶をたしかめていた指は　。

最後の一人がおわるのを
あいさつを　先に済ませた
人が待っている。　家の
そと　泥にぬかるむ鉄骨や
材木の山を　のぼった手を
つかわずに　待った。
日がさすにつれ暗くなる森
の　両目は遠く　雨のうし
ろに立つ森になる。　目
の内側で　せり上がろう
とする川の両岸は　陸に乗
り上げて　横たわったまま
近寄る鹿の足音に　頭をすこし上げ　それから海の方を見
る。　むかし　幹に刺さるたくさんの　蛾のさなぎを見つ
けたこと　さなぎの奥から樹液が流れて　蛾の背中を濡らし
たこと　とおくまで引く潮の　ぬかるむ道を歩いて　船の光
で　雪が緑色に見えたこと。　砂浜から　水と砂　貝殻に
分かれようとする力　いつ忘れてもいいように　男はそれを
絵に描いた。　絵の具の芯のかわく音　広場いっぱいを歩
く　茜色の馬の身をひきしめて　草を浮かべた小石の群れを
ひきしめて　よく晴れた空の日差しをひきしめて　あけびの
割れる音がして　一斉に　拍手のような音を鳴らして　森の
奥　山の上　雲の端からこぼれた西日が　向こうの道に　落
ちている　力のない足で　そこまで歩く　いつか眠る人。

あちこちで、ほんのわずかに掘削の痕が見られる広場で、土建屋の裏の資材置き場で、自転車の横で、耳鳴りを運ぶ黒ありがみんな、おなじかたちをしている。横たわり、ぼおっと空を見ている鹿のあたまに登り、目に登り、自分の姿がいっとき映り込むときそれに気づいた。町の外れで一台の黒い車があらわれ、駆け抜けていく。おかしな車だとおもった、後部座席がとても長い。遠くの畑を歩いていた年寄りが、姉に何かを指図した。うながされるように、姉はわたしの頭をなでた。家に帰って、それが霊柩車であると知ったとき、わたしはいそいで指を隠した。

山に置いてきて、それでも体に見えるものを
見える窓から
朝日を浴びたポストがまっ白で、西に倒れた景色を
当てはめて
たがいちがいに積んで

信じるだけでいいとおもって、電柱になった影が
分からなくなって
投げすてたとき、奥行きに落ちた影が
おぼえてる、重なった線を歩いて
学校に行くわたしの影に、もう会えないで歩いてる

「山に置いてきて、それでも体とおもえるものを
　信じるだけで、いいとおもった」
閉じるまでの空を標本にする、重なる二枚の山のあいだを
町におりたあとも大切にする、それは
日差しの木の足もとに、置いてきたはずの足あとが
じっと目の行き場になって
西にたおれて、朝日を浴びたポストが
まっ白だった

影とはこのような色をしている、気がついたようにいう
通りすぎてもいつか、べつの目をまた止める
その目とその目があうのを待って
「あんなに白かった町、うす青い帯が一枚ずつ重なって
　おし黙ったまま」
夜道にとけない背中でうけた、月のうしろの
日差しをうけて、だれかいる
それが服を着て歩いてる

夜道のそとで　2015.10
かげのえ　2015.5

II

ばらばらに置かれた石の杖がひとしく整列しているように見える午後、わたしは影より細い線になって歩いていた。

線路沿いに建つ家は、透明な冬の日差しをいっぱいに吸い込んだ風に照らされて、木立の奥に消えかかりそうな自分の影を眺めていた。みんなおたがいのことで必死だ、家ひとつにつきひとつの杖なら。そうおもい、わたしは杖の半分に手跡をつけて、もう半分に目を離すことができなくなっていた。そっと、

身を一つ。側溝の下、家のひとつに帰る背中を見送るかたちがあった。冬野が北に現れて、とおくにだれかの実家が見える。そのまぶしさにすこしみとれたあとで、わたしは坂の傾きをなぞる一歩のために、いくつか貧しくなりながら、手前の杖に手をかけた。

日暮れかと薄く牡丹に帰る人

人来れば頭《こうべ》を少し上げる柿

餅搗きや雪の積もらぬ木のまわり

母親から写真が送られてくる。狸が、家の庭に咲いている花のにおいを嗅いでいる写真。むかし、裏山にある離れでありじごくを捕まえていると、花の繁みのあいだから、鹿があらわれた。鹿はこちらをじっと見たまま動かなかったが、ふいに、跳ねるように逃げていった。

会社を出て、家の前まで来て、鍵をなくしたことに気がつく。定期入れの内側のスリットに家の鍵を入れているので、定期入れを取り出すたびに、落とさないように注意している。大家にはだまって鍵を替えたので、お願いできず。いくら探しても見つからないので、合鍵を持っている、前にいっしょに住んでいた人を呼ぶ。部屋に入ると、いつも鍵を入れている木の器に、鍵が入っていておどろく。

北海道に旅行中の山本から、雪の画像が送られてくる。旅行の具合はどうかと聞くと、バスに乗っていたとき、幼稚園児くらいの子どもが、曇った窓に逆さ字で「おかあさん」と書いたのを、ちかくにいたおばあさんが見て、かしこいねえといってほめていて、それがおもしろかったという。

地響きや割れた氷をなおす姉

山本と、『いぬのせなか座』を印刷するために、大学に行く。道の途中の弁当屋のまえに、幼稚園ぐらいの女の子と、その子より年下の、紙コップをもった男の子がいた。男の子は、手にもっていたコップを女の子にわたそうとした。女の子がコップを手ではたくと、中に入っていた氷が地面にばらばら散らばった。男の子が、おねえちゃんがなおしてね、といって、そっぽを向くと、女の子は氷をざくざく踏みはじめた。それを見た男の子は、女の子といっしょに氷を踏みはじめた。

山本や鮭とばを急に食べる人だね

山本の家に行く。hさんと北海道にいったお土産に鮭とばをもらう。三人で話をしていると、うしろで音がしたので、ふりむくと、山本が鮭とばを食べていた。このひと急に鮭とばを食べるからこわい、とhさん。山本の口がくさくなる。

降りる駅に乗る足渡り鳥の声

仕事おわりに、喫茶店で本を読む。家で飼っていたねこが死んだと、母親から電話がくる。高校生のとき、父親が消防署の駐車場でひろってきた。夏に帰省したときは、ほとんどなにも食べなくなって、がりがりに痩せていた。柱に体をかたむけて、ずり落ちながら横になった。電車をおりて、ホームを歩いてると、窓にちいさなヒビが入った車両を見つける。よく見ると、頭を窓に押しつけて寝ている人のつむじだった。

「宙に掘る墓」のまわりのあさがお

授業のあと、東中野で映画を観る。前半の立ち上がりがわるく、後悔する。結果的に、エンドロールの曲で号泣。上映後、監督とジャーナリストの対談。これはまったく面白くなく、後悔する。途中で出ようとしたけれど、左右を挟まれていたので、出られず。帰りに、道路の隅で煙草を吸っていると、監督が向こうからやってきたので追跡。地下鉄の階段をおり、改札口に吸い込まれていくまで、見送る。

橋仰ぐあさがおに目を守られて

家のちかくの本屋に行くと、サークルの先輩が、レジに立っていた。名札に三浦と書かれていたので、その人の名前が、三浦さんだったとおもいだす。三浦さんに見えるように、平積みの本を鞄に入れるふりをすると、三浦さんが、レジの横に置いてあるベルに手をのばす。何度か繰り返したあと、本を一冊買って帰る。

秋の川　両岸はるか交差して

三浦さんとビールを飲む。夜、散歩に行く。皇居を見ながら、都市構造についての話を聞く。四時間ほど歩いて、それからお台場を目指すが、橋にたどり着けず、雨も振りだしたので、あきらめる。これまでも、何度かお台場を目指したが、一度も辿り着けず。始発まで、シャッターの閉まった駅の横で寝る。存在に反応しているのか、シャッターの向こうから、警報と自動音声がくりかえし聞こえる。

秋雨は電柱の裏側に降る

眠る目を指で開けば冬の井戸

海一滴を浮かべて牛の眠りかな

散歩。高田馬場を発って、お台場を目指す。浜松町の段階で限界を感じ、野宿する。地下鉄の階段に体をおさめて、シャッターにもたれかかって寝るが、寒さのため寝つけず。ペットボトルに詰めておいたウィスキーで暖を取る。空腹のため、吐く。夢を見る。朝、痛みで目を覚ます。

マクドナルドでコーヒーを飲みながら、三時間ほど本を読んでいると、三浦さんがやってくる。三浦さんとビールを飲む。小さい頃は見た夢を一日中おぼえていて、夢のなかで自分が取った行動を反省したり、あたらしい細部をおもいだしたりできたのに、さいきんは夢を見ても一瞬で忘れてしまうと話すと、三浦さんが、酒を飲んで寝るから、夢のなかでも酔っぱらっているんじゃないか、といった。

授業がおわり、大学のちかくの喫茶店で、本を読む。小森が彼女と本を読んでいる。道をはさんだ向こうの木が、てっぺんだけゆれている。幹のまわりの枝は微動だにせず、葉を張り巡らせている。実家（の山）の方で、白骨死体が見つかる。川沿いを散歩する。夜、三浦さんと合流し、酒を飲む。眠くなり、すこし寝る。起きると、三浦さんが、グミを食べながら本を読んでいた。

かたくりの花がここまでだれかの忌

引っ越しをするたびに、知っている場所が増えた。どの方向の空の下になにがあるのかを考えて、空を見るようにもなった。隣町は中庭のある家ばかり。壁で囲われた町中の庭を見下ろそうとして、見晴らし台のある丘のてっぺんで足を止めた。庭は道路に沿って均等に並び、木が人の頭と同じくらいの高さにあった。建物の色はそれぞれちがっても、庭の土の色はみんなおなじで、どれも似たような木が生えている。

矢印の彫られし墓やさるすべり

仕事がおわったあと、菅原と朝まで飲む。駅に向かう途中、菅原がいきなり両手を叩いて蚊を殺す。その音で、夏がはじまったことを完全に理解する。寝て起きて、会社の同期と電話。三浦さんから借りたままの本に、コーヒーの跡がついているのに気がつく。水にぬらした指でこすり、表面ががさがさになる。

稲刈れば身の透きとおる夕べかな

高校の同級生の家の稲刈りを手伝う。大学の授業について聞かれて、今年はほとんど出席していない、年間で八単位取れればいいほうだと答えて、怒られる。夜、酒を飲む。布団の代わりに鹿の着ぐるみを着て寝る。翌朝、ちかくで火事があり、そこに住んでいた人が行方不明になる。

「枯木に花を」と鯉の血を塗るそこ寂し

揺れるまで蟬は蛹にしがみつく

かかとからくちばしすぎて蟻の家

夜、バイトおわりの三浦さんとダーツをする。帰りにビールを買って、朝まで飲んで、寝て起きる生活が、年末からずっとつづいている。三浦さんは、風呂に入るときと着替えるとき以外は家に帰らず、むしろ、なんで風呂に入るときだけ家に帰るのか。三浦さんは、何ヵ月もまえから、ずっとユリシーズを原文と、翻訳の両方で読んでいて、その日に読んだなかで、おもしろかったところを話してくる。ジョイスが小説のなかでしきりにもちだす、エピファニーについての話で、涙がでるほど笑う。

帰省から戻ると、近所にラーメン屋ができていた。おばあさんが、店先のお祝いの花をもいでいた。夜、三浦さんを誘って食べに行く。不味く、三浦さんが半分のこす。ビールのつまみ代わりに、焼きそばをつくって食べる。

東京は、好き勝手に寝られないよう周到に準備されている。横になっていると、だれかがやってきて、「何をしているんですか?」という。無視していると、救急車を呼ばれてしまうので、どう見ても寝ているようにしか見えないように、寝袋を用意して、枕元に「寝ているので起こさないでください」と書いた張り紙を置いて寝ていると、警察がやってきて、「ここは寝るところじゃないですよ」といわれる。

雲踏みはずす天の足裏や桑畑

頭のなかで、自分の暮らしてきた地形を再生するのはむずかしい。家を出て右に巨大な杉林がある、その左側から突き抜けるような町の見晴らしがある、それは頭とはべつにある体の頭のなかで結びついた記憶で、頭がおもう地形に移しかえられず、つまずいてしまう。自分が生きていた頃の記憶をそこから取り除くことができれば、いくらかはっきりと見ることもできるのかもしれない。

無意識のいくつか天に成る南瓜

母方の実家に行く。今年は家のまわりに何度も熊が出て、庭の裏でも見かけたり、大変だったという。近くのお寺にお地蔵さんがいる。お地蔵さんは石のかごを手に持っている。一円玉ほどのかごの穴は、一円玉でふさがれている。爪で取り除くと、その下にも一円玉があり、爪では取れないところまで、積み重なっている。

近寄れば窄まるような牛の顔

母方の実家に行く。家の裏は土手になっていて、草木がじゃまで見えないが、牛小屋がある。窓を開けて過ごしていると、ときどき牛の声がする。トイレに立つと、窓の向こうで牛の声がする。トイレの電気に反応して鳴くのだとおもう。電気をつけずにトイレに入ると、便器がどこかわからず、電気をつけると、牛の声がする。

近寄っても近寄っても牛の顔

桜散る小雨くり貫く牛の背

お花見や肩を叩けば顔ふたつ

親戚の家で飼っていた牛が逃げる。しばらくして、川を挟んだ向こうの道で発見される。川は山沿いの大雨で氾濫し、岸辺に生えた背の高い雑草が、水を被ってゆれていた。

雨がふっている。昼休みは必ず、屋上でたばこを吸う。夕方、屋上でたばこを吸っていると、向こうから黒い服を着た男のひとが、解いた段ボールを頭に乗せて歩いてくる。仕事がおわって、喫茶店に行く。たばこを吸っていると、いいにおいがした。においのするほうを見ると、女のひとがいた。そのとなりの席にいた男のひとも、顔をあげて、女のひとを見ていた。

夕方、家を出て、三浦さんの家のちかくの、丘の上の公園に行く。桜が満開で、隣接するいくつもの、マンションのベランダの、ほとんど全てに人影があり、公園には自分しかいない。内側に、のぼる用のはしごのある、オレンジ色の、おおきな筒のかたちをした遊具にのぼる。いちばん上に腰かけて、ビールを飲みながら、桜を見るが、落ちつかないので、筒の内側にもぐる。両足をつっかえ棒にして、ずり落ちないように桜を見る。壁に、人の名前が書かれていたので、自分の名前を書き足す(名字だけ)。電車に乗って、江戸川公園に行く。

遠くの椅子のように軋んで冬の木は

友はふと眠れる鹿を着る人に

あのとんぼ神ならぬものに停まりけり

『いぬのせなか座』の座談会を早く書けと、hさんに怒られたので、中村と新宿を歩き回る。居酒屋の、呼び込みの男のひとにどこに行くのか聞かれて、紀伊国屋書店（本店）と答えると、そんなところはやめろといわれる。紀伊国屋で中村が本を何冊か買う。路地裏で、まえに三浦さんと歩いた場所を見つける。鳥がホームレスのちかくの地面を食べている。棒に張った動物の皮を、お店のひとが焼いている。

木田くんと齊藤の家で飲む。酔っぱらって、いつの間にか寝てしまう。ゴムまりが地面を打って弾むような、妙な音が聞こえて目を覚ます。金縛りのようなものにあっているのに気がつく。呻き声を出し、齊藤に起こしてもらう。

朝、パンを焼いてたべる。昼、カフェオレとパンを焼いてたべる。バイトに行く。「神をどのように構成するか、それに失敗するなら、神ならぬものが生成されるだろうということを、真剣に考えた」という文章を読んで、こわくなる。西村くんと電話する。その最中で、西村くんがあっ、という。地震だ。それからすこしして、地震がおきる。こっちもゆれたというと、西村くんがすこし黙って、自分のほうがすこし未来だといって、笑った。

古墓を割れば碑出づる冬

母方の実家に向かう道の途中に、沼がある。夏は一面が蓮の花で包まれる。冬になると、たくさんの白鳥がやってくる。小さい頃、とても人なつっこい白鳥がいて、リュックサックからペンを取り出して、隙をみて、嘴に字を書いた。それから、家のちかくの畑で群れをつくっている白鳥や、道路を並んで歩く白鳥を見るたび、その白鳥のことを考えるようになった。

紐のごと雨のびてゆく蓮の奥

坂をのぼり、高台に出ると、曇り空が〆の字のようなかたちに裂けていて、そのうしろに広がる、濃い灰色の雲のあいだから、オレンジ色の日が差していた。高台をおりると、雲の裂け目から、極太の柱にまっ青なクレーンを乗せた重機があらわれて、雲の裂け目は、重機のうごいた跡だとわかった。重機は、町のまん中に空いたさら地に、金色の飾りがたくさんついた、斎場のような施設を組み立てていた。

自転車を追う逃げ水や里帰り

遠さをはらんだ重機の音が聞こえるなかを、しばらく歩く。途中、霊柩車のような車とすれちがう。片側二車線の広い道に出ると、背の高い街路樹に、七夕祭りの吹き流しのようなものが吊り下げられている。吹き流しには、なにか、文字が書かれているが、絶えず風にゆれており、読みとれず。道のまん中で、紐が切れたのか、ぐしゃぐしゃになった吹き流しが、横たわっていた。

乳母車　冬野が北に現れて

ひと夏を越えてケトルの水来る

黒井の忌なんで墓より花の香が

昼にもかかわらず、外が非常に暗いので、窓の向こうを見ると、一面が灰色だった。窓を開けると、外に満ちていたのは、煙だった。うすくなった煙の向こうの庭で、祖母が野焼きをしていた。焼却炉の火がゆれている。煙は納屋に流れていった。納屋の二階につづく階段は、農具で埋め尽くされていて、渡れないようになっている。二階には藁の羽織り物、まっ黒な衣装箪笥、おまる、三輪車、カセットテープ、格子状に組まれた木の板などが、埃をかぶって、置かれている。

三浦さんと、水道局の上の公園を散歩する。あちこちの水たまりで、あめんぼが水面を曲げて浮いている。全身まっ白の、信じられないほど大きな犬が、草むらに顔を突っ込んで、なにかを食べている。三浦さんがしずくのついた遊具に寝そべりだして、空を見上げる。

家の近くの公園を散歩していると、かぶと虫の匂いがした。あたりの木を見て回るが、見つからず。かわりに、大量の蛾の蛹が突き刺さった木の幹を見つける。昼、新聞社に勤めている黒井の異動が決まる。

ひと巡りの岸辺《きし》に体を残す蛇

我先に噛まれて牡蠣は泥になる

新月の背の雲厚しほとけのざ

近くの商店街の隅の、中華料理屋は、横に細長く伸びた構造で、入口がテーブル席、途中が座敷で、向こうにはまたテーブル席があり、その奥には廊下がある。廊下には、突き当たりまでぽつぽつとテーブルがあり、窓からは中庭が見える。中庭には池があり、黒い魚が何びきも泳いでいる。三浦さんと食べに行って、廊下に座ってビールを飲んでいると、店の人が庭に現れて、手にもっていた網で魚をすくいはじめた。魚はバケツに入れられた。店の人はひとしきり魚をすくい終えたあと、バケツを持っていなくなった。

京都で、中学校の先生をしている佐藤と、池袋で会う。東京には舞台を観にきたという。油でべたべたした居酒屋で酒を飲んで、すこしまえに亡くなった、中学校の同級生について黙った。道でうずくまっているのが見つかって、そのときにはもう息をしていなかった。出てきた牡蠣が不味く、吐く。

三浦さんと酒を飲む。三浦さんの名字は、祖父の代から急に名乗られたもので、それより前の代には、三浦を名乗る人が一人もいないという。祖父はもう亡くなっている、遠い親戚なら、理由を知っているかもしれない。いつか、自分の名字についての小説を書いてみたい。それから、三浦さんのいずれ書く小説の、手本になりそうな小説の話をする。

赤とんぼとつぜん怖い歌になる

会社の同期と箱根に行く。レンタカーで市内観光。湖沿いの道に車を止めて、木漏れ日を見ていると、なにか鳥の巣のような塊が、周囲の枝と、そこから伸びる蔦の結び目の上に乗っかっていた。一本の糸が途切れ途切れに伸びていて、その先で真っ赤な虫がゆれていた。道中、無理をいって山の上の美術館に降ろしてもらう。二時間ほどセザンヌなどを鑑賞し、迎えにきてもらう。

物よりも手前のあけび雨宿り

仕事おわりに飲み会。二次会で後輩と先輩を全裸にして、後悔する。家に着いて、会社の同期に電話をする。旅行の話をする。おたがいの記憶が微妙に食い違っていて、上手く嚙み合わず。電話の途中で眠ってしまい、気がつくと朝になっていた。

夏山は気化し緑雲しずかなり

大学の同期と鬼怒川に行く。浅草で買ったビールを、北千住の段階で飲み干す。途中の駅で、反対側のホームに売店を見つける。車両点検か、後部車両の切り離しかなにかのタイミングで、菅原がビールを買いに行く。会計の途中で点検終了の合図が鳴り響き、発車の姿勢に入る。

近寄ればかもめは沖の皺に見え

木田くんと齊藤の三人で鎌倉に行く。生しらすが食べたかったけれど、見つからず、店一軒につきビールを一本飲み、精神のピークを迎える。江ノ島の狭い坂をのぼって、ところどころざらざらする赤い橋の下で天狗のまねをする。ホテルで一泊。つまみを買いにいき、コンビニで二万円つかう。

釣り人の横で逃げ水ひっそりと

会社の同期と山小屋を借りる。夕食は野外炊飯の予定だったが、朝からふり続けていた雨はやむ気配もなく、しかたなく屋根の下を借りて肉を焼く。ちかくに住んでいるおじさんに鮎や梨をもらう。小屋の窓を開けると雨の音にまじって川の流れる音がして、段差になっている土手の向こう、黒く湿った木と木のあいだから、緑色を帯びたうすい乳白色の川の流れが見えた。

釣れますか？　我に縮んで見せる蟹

中島さんの部屋が雨で大変なことになったというので、部屋の中のものをすべて出して、乾かすのを手伝った。さっきまで部屋にあった家具が並べられると、外と内が入れ替わったような気がした。休憩中にたばこを買いに行く。途中に見えた海は潮が引いていて、あちこちに蟹がたくさんいた。浜辺におりて、落ちていたペットボトルで蟹捕りをした。三〇ぴきほど夢中で捕まえて、中島さんから電話がかかってくる。

山里しずか雪の表面張力に

人絶えてぱちんかたばみ反る山辺

あじさいや畑の上の鉄あれい

両親と山の上の温泉に行く。高校の頃に起きた地震で消えた温泉の話になり、母から、いまはそこに足湯があると聞かされる。道の途中に崩れたままの橋を見つける。山に近づくにつれて、雪が降り始める。

小さい頃は、自分が生まれる前と、死んだあとのことを、簡単に想像できた。というより、たまたまいまの自分が生きているこの時間に、魂が引っかかっているような感覚を、学校から帰るとき、一人で道の上に立っているとき、牛小屋の中でじっとしているとき、思い出すように感じた。

海に行く。初めのうち、海の青と空の青は区別できず、おなじ青。ひたすら見ること。青が海の青と空の青に分かれはじめる。海の向こうの青が見えるようになり、海の向こうの山が見えるようになる。山の色が青く見えるまで、山を見ること。海の向こうの青と分かれて、山の青が見えてくるまで。

牡鹿来るまで足を卍に組み眠る

犬に触れしスコップの先思う秋

短日や向こう岸から渡る橋

家族と買い物にいった帰りに、家のちかくの田んぼのまん中に鹿を見つけた。車の光を浴びた鹿は、急に背中を向けて、リズミカルな動きで、闇のなかに姿を消した。母親が、あれはカモシカだといって、それから、むかしフクロウを車で轢いたことがあると、話し始めた。家に帰ってタイヤを見ると、目玉がタイヤのみぞにはさまっていたという。

家に帰ると、犬小屋に犬がいなかった。祖母に犬のことを聞くと、昼前に死んでいるのを見つけて、家の裏に埋めたという。犬小屋に行くと、檻のまわりに張り付いた毛が風でゆれていて、まだ犬のにおいがした。夜、部屋の外に巨大なスズメバチの巣を見つける。父と協力して、殺虫剤で退治する。翌朝、大量のスズメバチの死体が、軒下に落ちていた。

隣町の家の裏で、男の人の死体が発見される。直接の関係はないけれど、むかし剣道をやっていて、剣道部の同期の先輩らしい。その日を境に、同級生が学校に来なくなる。何日かして、その人の死に、同級生が関わっていたことを知る。

越えるまで山羊は谷間を浮かびけり

中学生のときの同級生が事故で死ぬ。新聞にその子の名前が載っていた。告別式の日、挨拶を終えて、家の外でみんなを待っている間、裏の畑の横の、背の高さほど土の盛られた山を、何も考えずにひたすら登った。当時はなぜか、どの家にも黒く湿った土の山があった。春には山のあちこちで、いろんな草や木が生えた。ぼくの家では、決まって菜の花ばかりがよく咲いた。菜の花にはよく、オレンジ色のカメムシが集まった。

雲間より片膝突いて来る蝗

家を出て、一時間かけて町までおりる。途中にある岡崎のコンクリート工場の近くで、中学生の頃、蛍を見たのをおもいだす。あれ以来、蛍を見ていない。駅前で、串だんこを食べる。喫茶店に入り、本を読んでいると、中学の同級生の父親が入ってくる。帰り際にその人から、なぜか三千円もらう。

灯を消して目に部屋中の影ひとつ

一関にある、妹の高校まで、両親と三人で迎えに行く。生徒たちが、校庭で説明を受けている。駐車場に並ぶ車の、すべてが、生徒を迎えにきた車だとおもう。説明がおわったのか、黒ありの巣のような列が、散りはじめる。校舎の前に人だかりができていて、二階、三階、四階の、それぞれの教室の窓から、生徒の荷物が、つぎつぎと投げ捨てられる。カバンとカバンが空中でぶつかって、中身が弾ける。

春のゆき壁もつ家に日の当たる

玄関に穴が開いたので、猫が逃げないように、ガムテープで補強する。カレーをつくって食べる。夕方、猫が逃げたのでさがす。気仙沼まで勤め先の関係で行っていた父が、帰ってくる。焼酎がなくなったので、戸棚にあった、埃まみれのハブ酒を飲んで酔っぱらう。夜、手回し充電の電灯をつける。懐中電灯の光で、雪が緑色に見える。

道ふさぐ石を化石と知りえずく

町外れの丘に出る。一面に広がるすすきが、ところどころ黒く湿っている。町は、日差しのわりにぼんやりと薄暗く、金槌でなにかを叩く音が聞こえる。電柱を見上げていると、うしろの雲のうごきのせいで、ゆっくりと倒れてくるように感じる。来た道を戻ると、背の高さほどのおおきな岩が、道をふさいでいた。避けて帰るにも、岩がおおきすぎるので、反対側を歩いて、丘をおりる。

春の夜の片腕ほどの水たまり

朝食を食べて、学校に行くまでのあいだ、部屋で本を読んでいると、地震がくる。本棚が倒れそうになったので、両手で支えると、本がばらばら落ちてきて、全部顔に当たる。テレビによると、震源地は山のほうらしい。校舎の損傷がひどく、学校がしばらく休みになる。佐藤の家に行く。ヘリの音が外から聞こえて、窓を開けると、緑色のヘリが山のほうに飛んでいく。山の方にあった温泉が、土砂崩れで消える。

犬跳ねて水一粒のくっきりと

鎌倉やなぜ突然の潮干狩り

海抜や足の高さに盛り上がる

道の途中にうるさい犬がいて、いつも吠えられてしまうのが、きょうはやたらとしずか。頭をなでようとして、嚙まれる。血が止まらず、嚙まれたところを口で吸いながら帰る。

友人はハンドボール部で、練習をしていて、地震にまったく気が付かなかった。母は植物公園で、土をいじっていた。妹は学校から帰ってきて、ひとりで家にいた。机のしたにすぐに隠れて、ねこをだいていた。その一年すこしあと、私は大学に入った。サークルの宮城県出身のひとが、自分の家の前の道路がひび割れた写真を見せてくれた。そのひとは、まったく傷ついていない顔で、笑いながら、愉快にその写真をみせてくれた。

れこさんは、地震のとき、ハンドボールの練習をしていて、あんなに大きかったのに、ぜんぜん気が付かなかったらしい。普通に練習をしていたら、顧問の先生がきて、体育館に避難するぞ、といわれて、みんななんでかわからなくて、先生にしかられたそう。大津波警報がでているのに、江ノ電沿いをみんなであるいて帰ったらしく、そのときに潮がとおくのほうまでひいていて、こんぶとか、わかめとか、ひじきとかがみえたそう。

行く雁や誰かが心臓《しん》を動かして

朝からお昼すぎまで稽古。帰って横になる。稽古の後でバイトを入れていたけれど、休む。しばらくして地震が起きる。はじめは自分の心臓の鼓動が、ベッドをゆらしているのかと思った。夕方、テレビを見て、東北地方で地震があったことを知る。津波の映像をインターネットで何度も観る。

行く雁や行かぬ死雁を寄せる波

新幹線が使えず、バスで東京に戻る。三浦さんと吉澤さんが遊びに来て、三人で酒を飲んだあと、散歩する。地図をつかわずに、六時間ほどかけて、浜松町まで行く。前に散歩をしたときは、大塚と巣鴨のあいだから出られなくなった。洞窟のような坑道のような道を見つけて、写真を撮る。海を見たあと、夜明けを待って、電車で帰る。

てんびんへgあたりの雁の声

家の裏山に入る。納屋のうしろの向こうは、獣道もない雑草だらけの木立になっていて、そこからぐるっと回り込むようにのぼると、裏山に出る。手で触れそうなほど近づいて、家の屋根を見る。光が当たっているからなのか、剝げているからなのか、えんじ色の、色のうすいところの色のうすさがわからない。十年前の地震で穴の空いた納屋の壁から、朽ちはてた木が顔を出している。

ふねの荷の紐ほころびる春のかぜ

東京に戻るまえに、持っていけそうなものがないか漁っていると、白い砂のようなものでびっしり覆われている引き出しがあった。小学校のとき、校舎の横に面した山の崖で化石がとれた。ぼろぼろに欠けた粘土質の岩をはがすと、二枚貝や、巻き貝の化石が、びっしりと張り付いていた。放っておくと乾いて割れた。取っておいた化石のほとんどは粉々になった。

呼ぶ声の絶えて金具に映る月

両親と山に行く。それから、大学を留年するにあたって延期していた、奨学金の支払い開始の手続き。東京に戻り、三浦さんに連絡をする。応答なし。夜、三浦さんの下宿先をたずねる。ドアを叩いて、呼びかける。反応なし。東京に戻ってきた旨を、メールする。

雲間から「すべての屋根が」と指差して

三浦さんの部屋に行く。三浦さんの両親がいて、靴のまま上がっていいといわれる。天井までの高さのある本棚に入りきらない、たくさんの本が、本棚の横に積まれている。三浦さんが着ていたのを覚えている服が、ビニール袋に詰められている。かばんに、詰められるだけ、本を詰めて持ち帰り、何度も、何度も往復をする。三浦さんの生活について話を聞かれたとき、急に部屋の電気がついたり、消えたりしはじめる。外が暗くなり、窓を開けると、向かいの家の、屋根の、窓に、そこだけ赤く、夕陽が映っている。

枯葦は月の後ろの日を受けて

蛇穴を出づる蠅おり瓦礫積む

今か今かと死を待つ鼓膜で鳴く蟬は

三月十二日、大学の図書館にいると、三浦さんからメールが来る。三浦さんの代理で送ったと、三浦さんの父の署名あり。ちょうど一週間前に、三浦さんが急死し、昨日から部屋の掃除をしている、持っていきたい本があれば、自由に持っていってよいとのこと。喫茶店に行って、思いつくかぎり大学の同期や先輩、後輩に電話をかける。

サークルの友だちと、三浦さんの両親で、酒を飲む。口ぶりから、三浦さんの死因を知る。帰りに、三浦さんの部屋に入ろうとして、大家に見つかる。事情を話したものの、立ち入りを禁止される。帰省するまえの、家の下で別れた三浦さんの顔を考える。思い出せない。

仕事がおわる。とおくで、蟬が鳴いている。横断歩道で青信号を待っていると、目の前にバスが停まり、向こう側の信号機が車体に隠れる。代わりに、こちら側の信号機がバスの車体に反射して、それがちょうどバスの影にあった信号と重なって見える。バスが透明になったように感じる。

逝く鱒に「すべて魚になりし日」と

過去に書いた未発表の詩を書きなおす。上手くいかず。メモ：『神さまの誕生日』『すべての屋根が』『次に住む人』は連作にする。公園に行く。鯉が池から口をだしている。ちいさな子どもが落ち葉の山をつかんで、まき散らしながら、はしゃいでいる。父親が、子どもをあやすように持ち上げる。

女の家にうどんを茹でに来る男

一日中、詩の書き直し。夜、吉田さんがうどんを茹でにやって来る。勤め先で企画したうどん教室で打ったという、指ぐらいの太さがあるうどんを十五分ほどしっかり茹でて、スーパーで買ってきた刻みねぎとめんつゆで食べる。寝て起きると、吉田さんはいなくなっていたけれど、余ったうどんとその他のごみは、残っていた。

野行くみな傘の付け根を持ちながら

大学に行ってレポートを提出して、それから熊谷守一を観に要町まで行く。大通りでだれかのお葬式をやっている。葬列に参加している人たちを見るに大学生か、たぶん高校生の人が亡くなったのだとおもう。名前をインターネットで検索すると、それらしい人が出る。絵を観たあと、池袋まで歩く。雨が降ってきたので喫茶店に入る。没になった作品を集めて、並び替え、散文詩のようなものをつくるも、上手くいかず。

にしん跳ねて深々と海面の穴

フォルダの整理をして、三、四年ほど前に書いた詩を見つける。髙塚さんの詩誌に載せようとおもい、書きなおす。合わせて、しばらく制作を止めていた散文詩を書き進める。午後、母から連絡が来る。近所の畑が熊に食い荒らされたらしい。

噓して本で手を拭く本屋かな

近所の本屋が改装して、詩集の棚が半分以下になった。下りのエスカレーターが停まっていたので自力でおりる。昇りのエスカレーターを無理に下りているような感じがする。夜、部屋でビールを飲んでいると金子さんが来る。金子さんが、三浦さんの置いていったギターを見つけて、弾きはじめる。

向日葵がうつむく果ての日に向けて

大学の図書館で本を読み、それから公園を散歩する。知り合いが芝居の練習をしていたので横で見る。日記を書いてもらったあと、喫茶店に移動する。夜、バイト終わりの菅原と合流し、ビールを飲む。政治の話を二時間ほどして眠くなる。

生活の絵

全身を木炭にして生活の絵を描いている
その山は
谷間にかくれた暗いところが
木炭になった友だちのことを忘れなかった
寄付してあげようか？
この生活は
血でうごく
だれもいない絵を描くために

組合の鈴木さん

なんだろう、鈴木さんが叫んでいる。
どう見ても怒っている。許すとか
許さないの話はしない
殴るとか蹴るとかの話をする。買い物に出ると
鈴木さんがいた。「尾松の方で
奥さんを見かけたような気がします
早く、いってあげた方がいいですよ」妻は
どこにいるんだろう。
鈴木さんと
話し合って決めることにした。

パンの詩

パンの詩

役場の裏に住んでいたシゲユキさん。ちいさい私は、
宿題をやってもらう代わりにパンをあげていた。
その様子をいつも、林の影からじっと見ている人がいた。
あの人は、
うらやましかったんだ。ある日から、
シゲユキさんはいなくなった。それからは、
林の男にパンをわたした。本当に、
突然のことだった。

人それぞれに、
道徳の授業があった。パンというのは、
大切な人にわたすものだと聞かされて、
思わず泣いてしまうのだが、
そんなに泣かないよう私は言った。
あれから長い歳月がたち、
鈴木さんという人が、
シゲユキさんの字で手紙を書いてよこしてきた。
あのパンの味が、
今でも口の中に残っている。

1991. 7 - 2016. 7

家に帰る人

帰ろうとおもう場所に
家を建てる人
わたしは花火を野宿して、線路の上を
色とりどりの電車がとおりすぎていく

今さっき見えた畑の上で、その声を家と呼んだとき
夜に溶けていく昔
仲のよかった鈴木くんが
泣いていた、こわい牛を見て泣いたんだって
あの牛の声が
こだまになって
ぬりつぶしたような影が落ちてくる
川の向こうで
おおきな花火が打ち上がるたびに
記憶ですむならおぼえておく
必要なんてないとおもった
一瞬だけ見える顔

志波姫

鈴木くんがトマトだった頃
志波姫は
友だちの埋立地に行ったことがある

落ちていた髪の毛をほおばりながら
台所のギザギザに沿って切り落とす
きみと同い年だった頃の
大きな声がして、昨日まで
ここはきれいな海で、おいしい魚がよくとれた
そんなことを
千年かけて住んでいた町並が
ちょっとした隙につぶれた
トマトのような今では
考えられないことだよ鈴木くん

1991. 7-2016. 7

予告篇

青白く澄んだ平野の町は
その町で、翻訳のような握手を交わしたことがある
駅前にある、喫茶店のドアを開け
なんでもいいから温かい
日差しを浴びた市役所の壁に
吸い込まれていく体を
ブランコのようなかたちにされても
あなたは
握りしめていた
キャンペーン中のドアの内側
献血をするともらえるドーナッツを
お金に換えて
もうすこし大きいドーナッツを買って
遮断機で
首を吊る人の
さいごの景色を電車が隠す
ここからバスで二時間かけて
生まれた沼が
半分ずつ切り落とされていく
川の向こうは
しめった
コンクリートの壁がにおっている
そのため
南へ進路を取れない人たちが
水草を噛みながら
横たわっている

ありのくるぶし

公園で、巣に戻ろうとする黒ありが
地図を練習していて
踏んでみた
黒ありは、踏む足を練習して
巣に戻ろうとする
子どもがありを見るまえの
ありを見ている子どもの目
練習をするありのくるぶし、触らないよう
踏み返す
見返して、はじめて地図になる地図を
新大久保からデモの人たちが、このあいだ
踏み消して
そこで知り合ったばかりの人たちが
デモの間中
ずっとくるぶしとたたかっていた

1991.7-2016.7

口が伝えるものを見る　見えるものとして口にすること。　これは家　だれもいない山　これは影　鉈を浮かべた木　これは川　だれか　ここにいる日を　かすかな声で。　全身を　暗い触角で歩く　あなたは。　これ以上なく冷えた指。　岸の市を過ぎ　鼓膜で話す。　眠れないよう　怖い歌になる。　雲。　一つなく。　灰色の野に　横たわり。　吐く息に喉を絡ませて　あるとき　人の聞こえなくなる音が　これまで横切った窓のすべては。　寒暖の差に耐えきれず　まず内側で枯れる草木は。　たぶん野に伏せる鳥が　「好め」と。　話し合う息で曇る窓　「むかし　人がいました」と。　歌は届かず　地面に落ちて　土をかけられ　石に。「体を木炭にして　描いた　木炭になった　友だちの絵」と。　音。その瞬間の。　焼き場の帰り。　だれの耳にも拾われず。　「牛　花粉を浴びて横たわる　横たわる場所は花壇になった」と。　化石になる瞬間の音。　標識に寄りかかる枝　夕日の奥に。　泥に還る音　たぶん掘り返しやめる音。　繰り返し。　これ以上なくちいさく眠り。　返事はなく　そうと知りながら絶えず。　思いだすこと。　電車に乗っていた。　窓の向こうの電線づたいに過ぎていくが口にせず。　男が手を動かしている。　男の向かいに座る女も　答えて。　土の上。　たぶん風とあなたの声で。　両目はこすれる落葉になって。　伝わって　絶え間なくゆれる水草を　二人の手話に　とんぼが止まる。

見開いてのち目覚めても秋の暮れ

2016.10

人の出会い　に恵まれ　ぼくに　て　いるとい　うこと　は　当然な
が　ら　別れにも恵　まれて　い　ると　いえる　と
いう　と　ふと　引き受けよ　と

十

九歳のとき　地面のよこに咲く
いちめんの　柔らかい土の　息を
聞きそびれ　びっしりと
顔にたまる汗　一粒ずつに　映る雲　日付が
あって　とつぜん　幹をのぼる人　鉈に足をかけ　いま　で　も

夏雲がふと「朽ち果てよ」と耳もとで

2016. 7

III

ひのひかり首持ち上げるはこべぐさ

ランドセルが重いので、道路に横になる。通りがかったおばあさんに、どうしたのと聞かれ、疲れたから横になっていると答える。しばらくすると妙な臭いがして、臭いのするほうを向くと、草むらのなかに腐った猪の死体を見つける。急いで逃げる。

耳もとで止む蟬しずか首の汗

日差しが山の緑を鍛え、クローバー摘みに夢中のあいだ、髪の毛をじりじりとあたためていた。すると、笛の音のような鳥の声が頭上を通過して、崖の上から一枚の板が空を滑空しているのが見えた。いっしょにクローバーを詰んでいた友だちの一人が大声をあげた、モモンガだ！　モモンガは崖の上に生えた木から校舎を飛び越えて、体育館の裏手に消えた。

靴ずれやひなたの幹に映る木々

小学校の裏の森の中ほどの、崖のちかくに、秘密基地をつくる。かなりの広さになり、べつのところで秘密基地をつくっていた友だちが、移り住むようになる。あるとき、木に絡み付いていた蔦で、崖を降りることに成功する。そのまま奥に進んでいくと、森の反対側に出た。すすきの生えた広い野原に、家がぽつぽつと建っていた。手前の家の裏に雑誌が積んであって、しばらく漫画を読んだあと、休み時間が気になったので、学校に戻った。

秋の雲立つ足裏は地を舐めて

看板の裏は隣町の看板

人権を眠らせてかき氷かな

引っ越しの前日、町はずれの土手にすわって、まばたきを何回もした。そのうち、とおくから真っ赤な車体を光らせた電車がやってきた。山の上の町からやって来て、遊園地のある町に向かう電車だった。山の空気を詰め込んだ車内には四十歳くらいの女の人が一人だけ乗っていた、その目は近付いてくるわたしの顔を見つめていた、目が合った、とおもった。

翌朝、業者の男たちが家にあらわれた。挨拶をすませたあと、男たちは家中の椅子やテーブルやたんすや本棚を、ごみでも扱うようにトラックの荷台に放り込んでいく。家具を積み終えて、わたしは父の車に乗った。後部座席の窓から家が見えた。おもわず息で窓を曇らせて、家のかたちを指でなぞった。その絵は車が高速道路に入って、表に隣町の名前と、裏にわたしの町の名前が入った標識を潜り抜けるまで、窓の向こうに浮かんでいた。しばらくして、海の見える町に着いた。

朝の会で先生に、黙祷をしろと命令される。しばらく黙祷するふりをして、こっそり目を開ける。先生と目があったので、急いで目をつぶる。小さい頃から目をつぶるのが苦手で、剣道や相撲の稽古のあとの瞑想のときも、力を入れておかないと、いつの間にか目が開いた。

空き缶の丸い錆び跡霧の海

部屋のまわりがうるさかった。隣の部屋に泊まっていた夫婦が、荷物を残したまま行方不明になっているらしい。部屋の横に空き缶が置いてあり、持ち上げるとべりっと音がして、赤茶色のさびが缶のかたちに残った。散歩をする。外は霧が出ていて、とおくのものがよく見えない。ふいに車が壁に激突するような音がして、思わずその場に座り込む。

熊の記す足跡臼で挽く山辺

実家の近くにある美術館に行く。喫茶店で本を読んでいると、窓の向こうで黒い塊が横切る。帰り際、店の横を熊が通ったと聞かされて、店のひとに途中まで送ってもらう。道沿いに生えている竹林の手前の柵が、来たときはどうだったか忘れたが、こわれていた。

似姿や背を持ち上げる草の春

道を歩いていて、トンネルに入る。粉々になったコンクリートの破片が草を絡ませながら転がっている。光が見えて、光の向こう側に出る。外はいちめん草だらけの、切り立った崖に囲まれた広場。真向かいの、はんたい側に、奥へとつづく道がある。足をすべらせないように、崖のなかほどにある足場にそって歩いていると、高台に女のひとがいて、なにかを話しているのが聞こえる。その声が知っているひとに似ていたので、崖からおりて、足もとでジャンプして、うでの力で縁につかまり、確認をすると、やはり似ていた。

躓けば蟻「慌てるな」と崖の声

九月に入ってから中島さんと連絡がつかず、高田馬場で齊藤と酒を飲んで話し合い、会いに行くことにする。中島さんの家の前でうろうろしていると、商店街のほうから中島さんが男といっしょにあらわれ、家のなかに入っていく。齊藤といっしょに高田馬場にもどる。

行く人のふと筒に見え春の雨

金子さんと中野で、詩集がたくさん置いてある古本屋に行く。なにも見つからず。中華屋で何かじゃりじゃりする炒飯を食べる。もういちど本屋に行くが、やはりいい詩集がなかったので、帰る。家に戻ると、部屋の鍵が開いていて、中が荒らされているような気がした。机の上に、なにかの薬がたくさん入った箱が置かれていた。警察署に行って話をすると、パトカーに乗せられて、警察のひとといっしょに家まで戻る。部屋の中を見せると、「もともとこうだったんじゃないんですか?」といわれる。

送り火を花火に回す筒の音

駅前の演説を見ていた男が大声をあげて石を投げる。近くにいた人が男の肩に摑みかかった。もみあう二人を引き離そうとする人も巻き込まれ、ビラが足もとでぐしゃぐしゃになっていく。警察が来る。目をはなすことができずに興奮しているわたしがいた。お母さんに電話でそのことを話すと、危ないから近寄っちゃだめだといわれた。

夏の朝　滝のビデオを巻き戻す

学校から家に帰り、テレビをつけ、ビデオの録画ボタンを押す。アニメやドラマはビデオが出るけれど、テレビ番組やニュースはもう二度と観られないから、テレビを見るときは、必ずビデオで録画した。ビデオは家の座敷の棚に並べた。録画する癖はいつの間にかなくなった。録り溜めたビデオは、中学生になってしばらくした頃、捨てられた。

外れの幹に天を地として落ちる蝉

家のちかくの雑木林を散歩する。雑木林のなかは、広々と日が差しても暗く感じる。帰り道、用水路の中で、蟬がびちびちと、音を立てて跳ねている。道を横断しようとして、車に跳ねられる。しばらくして具合が悪くなり、吐く。病院に行く。CTで体のなかを撮られ、右足の親指を骨折しているのが判明する。部活がしばらく休みになる。夜、着替えのズボンに親指を引っかけて、泣く。

蟻の巣をからすがすっと引き抜けり

部活に行くと、首のない雉の死体が、武道場の前の木にぶら下がっていた。後輩がそれを見つけて、おろして、首の切り口に枝を刺し込みはじめた。雉の死体を裏の山に捨てに行く途中、裸足で歩いていたせいで、道に落ちていたガラスの破片を踏んで、土踏まずのあたりがざっくり割れた。痛みで、うまく歩けなかった。寝て起きると、傷口がかかとの上に移動していた。はじめから、かかとに怪我をしていたのか。

山茶花や入れるもののなきひつぎのひ

年末にかけて入院していた母方の曾祖父が、先ほど亡くなったと、母から連絡がはいる。百四歳だった。後半は、置きものようにじっとして、ときどき歩いてトイレに行くときは、みんなそろって道をつくった。大学に入って一年ほどたった春先、人の名前も、すっかりおもいだせなくなった曾祖父に、祖母が、一平が来たと呼びかけると、一平くんはたくさんいて、だれがだれだかわからない、東京にも一平くんがいるといって、みんなで笑った。

曽祖父を埋めてうがいの音ひとつ

いつもより遅くまで残業をして、帰りに会社の先輩と飲む。べつの先輩が仕事がおわったら来るといっていたけれど、地震が起きたから帰るといって、来なかった。それから、九州で地震があったことを知る。九州の支店にいった同期に電話をかける。

逝く人の山茶花のなかに現る野

曾祖父を見に病院へ。休憩室のようなところで、祖父がちいさく座っていた。目と口を開けたまま、曾祖父が寝ていた。管でつながれた先のビニール袋にたまったおしっこが、すこしずつふえていた。あつまった親戚で、なにか話をして笑う。親戚がみんな帰って、母親がまたねー、と大声で呼びかける。曾祖父がはーい、と返事をしたので、もう一回返事をさせて動画を撮った。

枯野行く肛門に蝮眠らせて

菅原と元の三人でキャッチボールをしに公園に行く。管理人がやってきて、「ここはキャッチボールをするところではないですよ」といわれる。木の根にすわってビールを飲んだあと、木登りをする。木登りの視点で木を見ると、それまで木として見ていたものの姿が変わって見える。夜、佐藤さんの詩誌に書いた作品がメモ帳から出てきたので、書きなおす。外から、韓国語のような言葉で歌をうたう声が聞こえる。

春雷や雲の心臓《こころ》の透けて見え

午前中、『いぬのせなか座』で書いた詩の手直し。夜、菅原が泊まりに来る。トイレから戻ってくるついでに、菅原が三浦さんの置いていったギターを持ってくる。ギターを弾いて歌をうたう。

天地から芽を我慢する種ひとつ

山本の家に行く。途中に公園があり、休みの日は子どもがおおい。子どもが二人、水たまりに映った顔を眺めている。おなじ服を着ていて、気になる。ちいさいほうの子は、いまよりもすこしおおきくなって、兄のおさがりだといって、さっきまで着ていた服とおなじ服を着させられるのか。

燃えるまで高炉に繁り寄る菫

配属先の部署で歓迎会。先輩たちに囲まれ、ビールを十五分ごとに十本ずつ飲む。そのつど吐いて、切りぬける。帰りの電車の中で、あたらしく活動を立ち上げたいと、山本から連絡がくる。

身に飽きて日焼けの皮で鶴折りぬ

先輩が住んでいた部屋を追い出されるというので、夜逃げを手伝う。懐中電灯で本棚を照らしながら、いる本といらない本を選び、いらない本を台車に乗せて、古本屋で売りさばく。三時間ほどで作業がおわり、先輩とラーメンを食べる。寝て起きて、駅前を歩いていると、横断歩道の向こうに三浦さんがいた。お互いに気がつかないふりをして、まん中で会う。本屋に行ったあと、ビールを飲む。

踏み出せば中敷き見えて昼の月

仕事から帰り、ビールを飲んでいると、バイト終わりの菅原と中村が家に来る。ビールを飲みながら、菅原がギターを弾き、歌をうたう。このあいだ大家から怒られたので、しずかにうたう。灰皿にライターの油を注ぎ、部屋の電気を消して、火をつける。その火を囲んで歌をうたう。

三月十九日、雨。見えるものを口ずさんでいた。

広場に立って、そこに集まる動物や虫、草の名前に耳をこらして、口が唱える言葉のひとつひとつを拾いあつめる。名前は知っていても、どんな姿をしているのかわからないもの、雨音でかき消されたものは、爪を噛んで通りすぎていくのを待った。

西日の差すころ、雨が木立のように止んだ。水たまりに戻る道筋の輪郭が晴れ、雲と地面のあいだで細長い繭になっていた雨に、水たまりを踏んではしゃぎ回る男の子の姿を見つけた。やっと、

気がついたように像を結んだ。ここは、きみの生まれた町だとおもった。

ふりつもる雨のうしろを歩く、土が吸い込む一滴ずつに
波紋でこたえようとする
木々の色さえぬかるんで、骨組みにも雨が当たる
跳び跳ねていた鹿が
目をさます、ひづめの泥を
掻き出して、角にこびりつく時間
歩きつかれた景色のとなりで、呼ばれたように頭をあげた
雨粒がその黒目に映る、たくさんの目を映したあとで
消える
そのときは、じぶんの弾ける音で目をさます

解いた木々の骨組みをむすんで、空中は建物になる
じぶんの倒壊する日を建っている
時間のなかで、ずっと見ていたいとおもう
計算をして、一斉にその年輪を書き足して
音もなく、耳もとに置いた気がする
水たまりが録画した空は
送り先の木の幹が、建物を水中にする
その目のひとつひとつをおもいだす
雨粒が分解した景色で組み立てられていて
乾けば土が上書きしてしまうのだった

ちいさな子どもがしるし、といって、地面に唾を吐いて歩いていく。

はじめは一塊の暗い霧のまん中で、地鳴りに耐える電柱のうすく並び立つ舗道を歩いていたとおもう。焼けた家のあるあたりを眺めていると、霧の晴れていく音がした。

いつまでも見晴らしはよくならなかった。それから水の岸辺に立って、あたりに散らばる木材で川の対岸を組み立てる音、森の奥で伸びすぎた枝を打つ音、火にくべた枝の弾ける音がした。

空の建物
2015. 10

足あとに
足が置おかれてしまう
土。

この足あしあとは
音がして、地面がのこす足あしたたには
土がもみ消して
しみだしたはずの重さもか乾わいて、きのうは影のにおいに会った。
見おぼえは石にできないから
だれかしら知ない人には子どもがいるから、大人になった
煙を見あげる
焼けのこったものと握手する
大人になった子どものために、傷あとだけで家がたつ。

足あとに
2014.11

いちば　　しんせん
市場でとれた、新鮮な
ふうふにく
夫婦が肉をたべている
ふたり　　は　　かんせつ
二人はガムテープで貼った関節に
う　　こ
生まれてくる子どもの
す　ばしょ
住む場所をつくろうと
　あつ
ツノの厚みや
ひふ　の
皮膚の色が
　おと　　にく
いやな音のする肉をたべている
るしんで
音をたててたべないで
となり
隣にきこえてしまうから
あたまのなか
頭の中で飼っていた
わたし、かわいそうだった

げんきで
元気が出るおまじない、を
まいばん
毎晩、父がしてくれる
へんじする　　はい
半熟のトマトが入っていて
いま　はいざら
今は、灰皿としてつかっている
　　は　　　　　　とおく
ツノが生えていて、ゆびで温度をはかる
のもに
父の膝には
ふくせ　　　とい　　　　う
森が生えていて、森はうすぎたない、と思う
　おと
やめる音、小刻みに
こき　　ざみに
動き、やめる音
おぼえよ　　　　　と
森の茂みのどろどろをすする音
わたしをはんえいさせるには
私を繁栄させるには
あたまのなかで
頭の中でみたことがある、入れない処
かんがえるちか　ら
考える力だけで、立っている
だれか、きをつけるひと

私を繁栄させるには
2012. 11-2016. 5

みずぎわの　さいこうび
（水際を溶いた細胞が、列をつくって
　　は
じゅんばんに飛びおりる
　　こ　の
わたしから逃げ出そうとして
そらの　　た　もとの　　りょうめを
広場いっぱいに立つ黙祷のなか、両目を
　　　みひら
せいいっぱい見開きながら
くち
口をうごかした
から　　　としお　　　いて
空の向こうで、年老いていく時間の影は
　　かこのひをまわり
その宙を囲む光のあさがお
　　まち
おそい町から
なみのひび
波の響きにゆれたとおもう
くらい　み　　ちの　うえを
青い藻に満ちた日差しを受けて
　　　まがるひかりは
やわらかく曲がる光に濡れて

とまど　い　　　　　ながら
窓に投げ捨てるかばんの名札は
　　き　えてい　　　く
ひなたを浮かぶ黒い川、ある日
かんがえよ
考え込むように
　　　　じかんが
せいさんな事件が起きて
　　　はなし　かけ　　て
そのために花を買う人たちが立ち止まり
ポケットのなかで
くる
手持ちの小銭を計算していた
よるに　なるまえ　に　　ぼくは
寄る波に会う岸辺を歩く、声は
とりのくちばしが　ゆくて　を　か
問いを口走る道を、絵葉書の裏に書きとめて
　す　めて　いま
きみの住む部屋を横切っていく
とり　　　　か　　　えしを
鳥のくちばしに、書かれた宛名を
つけ　よ　う　と
月日の夜と、読み替えながら

夜になるまえに
2011. 3-2016. 9

今日までついた息で歩いた、枯葉で編んだ橋の上
　きのうは
まだ機能する木の根に絡む水気を吸って
かえるあし　　　　　　　　どりがせまる
蛙の足あとを、ひざまずく鳥の影が追いかけて
とりひきを
鳥の息を縫う夕日に向かって
見えない小屋が建っていた、橋の向こうを
　　　　　　　　　　きのうは
吐きだした、光の泡で木の根を支えて
いつか
両足は石の裏に生えた苔になり
苔はとおくの地面と地面を接ぎ木した

木陰のような手跡を見つけたことがある
枝は空の近くで曲がり
野道の中を、戻ってきた子どもの首筋に
ひかげのくも　　　　　が
光る雲を摑もうとして、ひざ掛けの上で組まれた指が
まどに　　ふれ
窓の向こうに触れたとき
　　そこに　　あるを　　　つたって
じぶんの幹を損ねて歩く、一本の蔦がゆれながら
過ぎていく木々の間取りを伝って
薄くらせんする体がゆれた
滞りなく
なにもかも、夕日の小屋を過ぎていく

木陰の跡で
2016. 11

宙に掘る墓のまわりのあさがおは
水浴びする鳥になった映画の明かりで
国道沿いの雨を見ていた
なんども　　まちは　　さしのべた　き　みは
何度もなんども間違えて、兆しの上で、木の幹は
木の幹のまま、ここに立っている
声の外で、緑色にかがやく焚き火の丘は
たしかめて、記おくしようとするまばたきを
時間よりはやく進む船だとおもい
前線に合図する信号機の下で、涙が出るまで
数えつづけた

明かりをたしかめる、駅を乗り継ぐ人たちの
頭のなかを渡って、眠りについた鳥の景色は
水路に浮かぶ
りょうどに　　あらわれた　　行く道にたつ煙を越えて
両隣の目にふる霰に洗われて、ここに来たのだとおもう
鳥の目でおわる夢を見ていた
奥行きをはう電線づたいに
林の奥で、赤い格子の防空壕は
おわったあとを立つ映画のようだった
い　みを　　かくすこえ　　いいえ
行く道にたつ煙を越えて、急ぐ家になる

水路
2016.10

一瞬後に葉が受け止める雨粒の、そこに閉じ込められた森。すき間を縫って風が走り抜け、森全体が息するようにふるえた。葉の受けた雨の一粒ひとつぶが、手に入れたはずの景色を手放して。

風は海沿いの町におりて潮風に変わり、丘の上のうすく並び立つ石の杖を見たことがある。砲音の輪を描いて、風は積み上げられた材木の山に潜り込む、材木は背を組み替えながら、押し流されて立ち上がる。取り壊されてもう何年もそれっきりの家だった。

りんかい線に乗り、飛行機の影が空を浮かんで見えた。板きれをつなぎあわせた翼が、ときどき材木に戻ろうとする先端を引き留めながら、しだいに地面との距離を持ち上げていく。首筋から、歌をうたう水が流れた。月の背の雲を抱くように、両手を広げたままの地面に、もうすぐ目の届かない場所まで近づいて。

立って見てもしゃがんで見ても、海岸線は線のまま
うしろの山から見ると
波打つ山の線、含まれる森の境がふるえて
鳴き声が
今度は目があきらめて、気配だけで海が
山は山、森は森のかたちを踏み越えて
たった今
わたしの住んでいた家を横切っていく

たくさんの鳥の鳴き声が、左から右に
そこに巣があるからだと、教わったことがある
空を切りとって、一周するのがわかるのは
めじるしに置かれた石が
絵葉書のようになくなったあと
灰と家を切り離す
とおくの小屋の、牛に生まれた
石を並べた人の手つきが
巻きとるように草を嚙みしめて、牛乳になる

灰と家
2015. 4 - ?

薬玉ほどのひとかたまりに雨宿りする
あき地を荒らす草と雨とが
掘り起こされた土を踏み、おおはしゃぎで
坂をのぼって
いったりきたり、両足は
海沿いのぶいを横切る名札が
持ち主の子に会えないで
ほんとうの、親子みたいにいったりきたり。

ちいさな背中の男とひとり、渾身で歩く月夜の
峠のめじるしに
車道をのたうつ狸の子ども、歩みのひとつがそれになる。
十年後もこうして歩いたように、男の背は丸く
百年後はあなたの背にも届くよう
息継ぎするお墓のしくみは失われ
きはくな景色の呼吸のような言葉を交わす
置き去りにされた名札がひとつ。

名札がひとつ
2012.6-2016.8

「いっしょに住んだ家、壁にむかし話を彫って
　よそゆきのにおい」
こぼれ落ちないように、家出した川
両手に受けた、せいけつな水が
材木のにおいをたてながら、水を吸う傾斜に沿って
ゆっくりと熱を帯びていく
せき止める指のすき間の濃さが、こぼれ落ちないように
水のかよっていた頃を、いまも練習する木々は

もうすこし指と、指のあいだを締めて、口をゆすぐ口に
おもいだすように、舌があたためる水のにおいで
いま、口を開けてしまえば、息でないものが
こぼれて
ばれないうちに背のびした、話したくて
たまらなくなる柱のことで
くり返し、川をもみ消そうとする
支え合う木々は、腰まで西日に濡れて

輪郭がこわれないように、たてかけた雨が清書する
川の、川だったことの流れを、枝と枝に
たまに音をたてて、雨の、雨のふる日にそなえて

屋根が行き交う出入りを
引き入れて、そっと引っかかる雲の
目のうち側で、ゆっくりと曲がる木々、きみの目が
どんぐりみたいにまるくなっていく

雨の、雨のふる日にそなえて
2015. 11 - 2016. 8

足で踏み固めた土の下から
せみの声がする
息子のちいさい足で、それはしずかになった
吸い上げて、影をのばした電信柱に
流れる電気の音をじっと聞く、回って
ここに広場を連れてくる
きのうはダムの底で
溶けていたその音を、夜が伝っておりてくる

途切れても滲みだしてくる声が、声でなくなるまでの、生立つばかりのすすきが茎を伸ばしている
よごれた手でさわる
西日の広場が
せみの埋まった土を踏む、波打ち際にも根をはって
戻ってくる
また声がするようになる、声は
そのくちばしに映った沼を、埋め立てられても
当たり前のように、鳥が戻ってくる

西日の広場
2015. 8 - 11

かすかな語順を並び替え、宙に刺さる鉈を匿す手。灰の血をぬり、枯木に花をあずけて回る。祈るかたちでしか握ることのできない鉈を見て、戸惑いながら曲がる木もあった。

鈴木一平
1991年、宮城県生まれ。本書が第一詩集。

いぬのせなか座叢書　1

灰と家

鈴木一平

2016年 11月 23日　　初版発行
2017年 10月　7日　第 2 版発行

発行

いぬのせなか座
http://inunosenakaza.com
reneweddistances@gmail.com

編集・デザイン

鈴木一平 + 山本浩貴+h

印刷所

シナノ書籍印刷株式会社